AGOSTINO TRAINI

EL CAPERUCITO
ROJO

Picarona

S
xz
T

Érase una vez una niña que se llamaba Jazmín.

Vivía con su mamá, su papá,

un perro, una vaca, una gallina, un conejo, un cerdito y otros muchos animales,

en una bonita casa.

Un día, a Jazmín le regalaron un lindo
gorro rojo, y le gustó tanto que siempre
lo llevaba puesto.

En invierno

y en verano,

no se lo quitaba en
ningún momento.

La niña tenía una abuelita que vivía en una pequeña
casa en el bosque, a quince kilómetros de la suya.

La abuelita se llamaba Julia.
Le encantaba hacer
deporte, corría,

patinaba y nunca hacía
caso a nadie,

hasta que un día...

...acabó sumergida en un lago
de alta montaña.

Como todo el mundo sabe, el agua
de los lagos alpinos está helada,
así que Julia pilló un buen resfriado.

La niña fue a ver a su abuelita.
El camino era largo
y atravesaba un bosque.

En el bosque vivía un lobo
que se comía a la gente.

Era un lobo muy astuto
que cambiaba los letreros...

... para zamparse a los turistas
con toda tranquilidad.

La niña fue a parar precisamente a aquel
bosque, y claro está, tomó la dirección
equivocada.

Y he aquí que, de repente,
apareció el lobo y pidió
el gorro a la niña.

La niña le contestó
que no tenía la más
mínima intención de hacerlo.

Entonces, el lobo le dijo
que se lo compraba,

pero la respuesta de ella
fue siempre la misma:
NO, NO y NO.
Y la niña siguió su camino.

Pero ¿por qué el lobo deseaba tanto aquel gorro rojo?
Y ¿por qué no se había comido a la niña
sin ninguna contemplación?

La respuesta a la segunda
pregunta es que el lobo no
soportaba el olor a banana del
gel de baño que usaba la niña.

En cuanto a la primera
pregunta, debes saber
que el lobo estaba enamorado
de una linda lobita, aunque
ella ni siquiera le miraba.

El lobo había pedido consejo a un mirlo, y éste le había dicho que se vistiera con elegancia.

Y, entonces el lobo empezó a cargarse gente para quedarse con su ropa,

pero aquello...

...no acababa de funcionar.

Pero al ver aquel gorro rojo el lobo sintió
que con él podría conquistar a la bella loba.
Quería tenerlo a toda costa, y empezó a rondarle
una idea por la cabeza...

Mientras la niña iba aún por el kilómetro doce del sendero,

el lobo pedaleaba en su bici a toda máquina para llegar antes a casa de la abuela.

Al cabo de pocos minutos, el lobo llegó a la casita de la abuela Julia y llamó a la puerta.

Cuando la abuela abrió,
se encontró con una flamante
bicicleta y no supo resistirse.

A pesar de la fiebre y del resfriado,
montó en la bici y salió disparada
como una flecha.

El lobo, que se había quedado
solo, se metió en la cama
de la abuela y esperó a la niña.

Poco tiempo después, llegó
la niña muerta de cansancio
por la caminata.

—Abuela, ¡qué orejas más
peludas tienes!
—Es por el frío, préstame
tu gorrito –le contestó el lobo.

—Ponte este otro que da
más calor –dijo la niña.
El lobo no esperaba
semejante respuesta.

—Pero abuelita, ¡qué ojos
más grandes tienes! –exclamó
la niña.
—Es porque me deslumbra
el color rojo de tu gorro.
Dámelo y lo guardaré
–le respondió el lobo.

—Pobre abuelita, la luz
te lastima los ojos. ¡Ponte
estas gafas y estarás mejor!
–exclamó la niña.
El lobo tampoco se esperaba
esa respuesta.

Era evidente que si quería el gorro
tendría que emplear la astucia.
—Léeme un cuento de buenas
noches –le pidió el lobo.
Y la niña empezó a leer.

Pero, como estaba tan cansada,
finalmente se durmió. Eso era
justo lo que el lobo estaba
esperando, así que agarró el gorro
y se marchó corriendo.

El lobo corría como un loco
esperando llegar a tiempo.

En realidad, tiempo tenía muy
poco, pues la lobita estaba
a punto de casarse

con un lobo no muy listo,
pero que lucía un gorro
de papel que a ella
le parecía maravilloso.

De repente, en el claro
del bosque, apareció nuestro
lobo con su espléndido
gorro rojo.

La lobita se quedó impresionadísima, tanto,
que no sabía a cuál de los dos pretendientes elegir,
y entonces...

...se encerró en su castillo a pensar.

Mientras tanto, el cielo se fue cubriendo de unas nubes negras

que tenían la clara intención de querer divertirse un rato.

El gorro de papel acabó
en mil pedazos...

...y la linda loba se casó
con nuestro lobo.

Volviendo a la niña: cuando se despertó, se encontró sola y sin su gorro.

Buscó por todas partes, pero no encontró nada ni a nadie.

Cuando por fin la abuela Julia regresó a casa,

se encontró con una nietecita
desesperada...

...que hablaba de orejas
peludas, ojos grandes
y gorros desaparecidos.

Caperucita Roja y su abuela salieron en busca de algún rastro de aquel misterio, pero no encontraron nada raro,

a excepción del pato Armando, que temblaba como una hoja sobre la cuerda de tender la ropa.

El pato Armando estaba aterrado, emitía unos sonidos raros y decía que había visto a un lobo con un gorro rojo.

—Si ha sido el lobo el que se ha llevado el gorro, nunca lo encontraremos –dijo la abuela, y se fueron todos a merendar.

A partir de aquel día, la tranquilidad volvió a los bosques. El lobo merodeaba por ahí, feliz con sus lobitos, y siempre llevaba puesto su bonito gorro rojo.

Y como el lobo nunca
se quitaba aquel gorro,
ni en verano,

ni en invierno...

...todos empezaron a llamarle *Caperucito* Rojo.

Puedes consultar nuestro catálogo en
www.picarona.net

EL CAPERUCITO ROJO
Texto e ilustraciones: *Agostino Traini*

1.ª edición: abril de 2017

Título original: *Il berretto rosso*

Traducción: *Lorenzo Fasanini*
Maquetación: *Montse Martín*
Corrección: *M.ª Ángeles Olivera*

© 2009, Editrice Il Castoro Srl, Italia
www.castoro-on-line.it
info@castoro-on-line.it
Libro publicado a través de Ute Körner Lit. Ag. España
www.uklitag.com
(Reservados todos los derechos)
© 2017, Ediciones Obelisco, S. L.
www.edicionesobelisco.com
(Reservados los derechos para la lengua española)

Edita: Picarona, sello infantil de Ediciones Obelisco, S. L.
Collita, 23-25. Pol. Ind. Molí de la Bastida
08191 Rubí - Barcelona
Tel. 93 309 85 25 - Fax 93 309 85 23
E-mail: picarona@picarona.net

ISBN: 978-84-9145-053-5
Depósito Legal: B-2.991-2017

Printed in Spain

Impreso en España por ANMAN, Gràfiques del Vallès, S. L.
C/. Llobateres, 16-18, Tallers 7 - Nau 10. Polígono Industrial Santiga.
08210 - Barberà del Vallès (Barcelona)